우리가 수행을 통해 궁극적으로 극복하려는 것은
눈 앞의 작은 어려움이 아닙니다.

올바른 삶으로 나아감에 있어
스스로의 부족함으로 인해
십 년 후에든 이십 년 후에든 나타나게 될
나쁜 인연을 고쳐 나가자는 것입니다.

법륜스님의 즉문즉설
오늘의 마음날씨 구름 많음

1판 1쇄 2009. 7. 10
펴낸이 김정숙
펴낸곳 정토출판
지은이 법륜스님
편집 서예경, 김종희, 강혜연, 김희정, 이성민
디자인 조완철
그림 신희선
등록번호 제22-1008호
등록일자 1996. 5. 17
주소 서울시 서초구 서초3동 1585-16
전화 02-581-0330
인터넷 www.jungto.org
이메일 book@jungto.org
행복한 책방(쇼핑몰) shop.jungto.org

ISBN 978-89-85961-59-2 04810
     978-89-85961-55-4 (전6권)

오늘의 마음날씨 구름 많음

정토출판

차 례

이 책을 펴내며 06

오늘의 마음날씨 질문들 10

형제 13

폭력이 된 사랑 16

화를 부르는 기도와 방생 18

본디 내 것이란 없다 22

다 마음이 짓는 것이다 25

내가 먼저 변해야 행복하다 26

그냥 그런 사람일 뿐이에요 28

내려 놓아라 30

행복한 삶 32

자신이 부처라고 생각해 보세요 34

서운함과 고마움 36

한 발 물러서서 볼 줄 아는 지혜   38

어떤 상에도 집착하지 마라   40

진정한 참회   44

고통, 누가 해결해 주나요?   46

고통을 행복으로 바꾸는 서원   48

존재의 참모습   50

모든 중생은 한몸이다   52

즉문즉설에 대하여   56

나누는 마음

살아 있다는 것이 행복입니다 김병조   65

인생이 즐거움을 깨닫게 되다 백경임   68

삶에서 살아나는 부처님의 가르침 김용주   70

바로 지금 행복해지는 법

즉문즉설은 법륜스님이 즉문즉설 법회에 참가한 대중들과 직접 고민과 답을 나누며 기뻐했던 현장의 소리들을 활자로 풀어 엮은 것입니다.

각자의 속 깊이 담아 두었던, 그래서 꺼내 놓기도 힘들었던 인생의 무게를 법회 현장에서 풀어 놓는 것은 그것만으로도 마음이 가벼워지는 감동을 줍니다. 또 질문한 사람뿐만 아니라 그 자리에 함께한 사람 자신의 삶도 돌아보게 해줍니다.

그러한 즉문즉설 법회의 생생한 '말'을 '글'로 엮으면서 더러는 정리되고 줄여지기도 하였습니다. 그래서 법륜스님의 말씀을 더욱더 생생하게 듣기를 원하는 독자들의 요청으로 오디오 북을 만들게 되었습니다. 더불어 스님의 답변 중 감동으로 전해지는 스무 편의 사례를 모아 책으로 엮었습니다.

여기에는 지면에 담을 수 없는 공간이 흐릅니다. 마음이 아프거나 답답하거나, 고통스러웠던 인생의 조각조각이 질문자의 입을 통해 전해지면 법륜스님은 때로는 웃으며, 때로는 호통치며, 때로는 따뜻하게 답하십니다. 그리하여 질문자의 마음 깊이 '내가 바로 지금 이곳에서 행복해지는 법'이 새겨집니다.

현장의 감동을 일부분이나마 함께하면 어느새 가벼워진 나를 발견할 수 있을 것입니다.

편집부

「오늘의 마음날씨」

어두운 마음, 구름을 벗어난 달처럼

나도 한 번쯤은 고민해 보았던 삶의 문제,
풀리지 않아 담아 두기만 했던 질문들이 여기에 있습니다.
다음은 두 장의 CD에 담긴 우리들의 인생 고민입니다.

01 딸아이가 직장 생활이나 사회 생활이 어려울 정도로 봉사 활동에 매달립니다. 봉사 활동을 하더라도 집에 들어오는 시간과 직장 출퇴근 시간은 지켜야 하지 않느냐고 나무라면 엄마 아빠가 덕을 못 쌓아서 자기라도 쌓아야 되겠기에 그런다는 핑계를 댑니다. 봉사 활동을 그만두라는 것이 아니라 조금 자제하라는 것인데 저렇게 엇나가고 있으니 스님께서 타일러 주세요.

02 대학교 1학년 마치고 휴학한 상태에서 공무원 시험을 준비하고 있습니다. 고등학교 때부터 부모님께서 일체 외출을 허락하지 않아 마음고생을 많이 했습니다. 대학에 가면 달라지겠지 했으나 부모님은 별반 달라지지 않으십니다. 외출을 하게 되면 부모님의 전화가 올까 봐 늘 불안하고 마음이 답답합니다.

03 「반야심경」에 보면 '관자재보살님이 깊은 반야바라밀다를 행하실 때 오온이 공함을 비춰 보시고 일체의 고통과 액난을 건너셨습니다.' 와 '삼세 모든 부처님들은 이 반야바라밀다에 의지하여 위없는 깨달음을 얻으셨다.' 고 나옵니다. 반야바라밀다의 뜻과 반야바라밀다를 어떻게 닦는 것인지 알고 싶습니다.

01 동서들은 항상 저에게 서운하다고 합니다. 저는 정성껏 물질적으로, 마음으로 최선을 다한다고 생각하는데 동서들은 '너만 잘살고 편하면 다냐?'고 하면서 항상 부족하다고 합니다. 이제는 큰집에 가기 싫습니다. 얼굴 마주치기도 싫습니다.

02 저는 일상생활을 하는데 많은 불안과 위기를 느낍니다. 결혼하면 이런 고민 안 할 줄 알았는데 그게 안 되다 보니 남편이 밉고 짜증스럽습니다.

03 딸은 유아기부터 자기 관리 부족 등으로 꾸중을 많이 들었고 학창 시절에는 놀림, 친구부재, 대인기피증, 자기위축 등으로 고립적인 생활을 했습니다. 지금은 많이 좋아졌지만 아직도 약간의 대인불안증이 있고 원만한 대화가 힘듭니다.

04 동생은 건강이 안 좋아 지금 저의 집에서 요양 중에 있고, 아이들은 제부가 돌보면서 생활하고 있어요. 지금 한창 엄마의 손길이 절실히 필요한 때 헤어져 살고 있는 조카들을 보면 가슴이 아픕니다.

05 아이가 엄마의 예민한 성격을 닮아가는 모습, 꼭 저와 같은 모습을 보일 때 힘듭니다. 그리고 화를 내고 나면 후회와 함께 미안하기도 합니다.

06 아이가 동생을 때리거나 나쁜 행동을 하는 것을 보면서 제가 부모로서 잘못한 모습을 보인 게 아닌가 하는 일종의 죄책감 같은 게 들어요.

07 저는 상대를 좋아하고 도와 주고 싶은데 상대가 저를 미워하면 어떻게 하나요?

형제

사람들은 여유 있고 별 어려움 없는 사람과는 가까이 지내면서도
어렵게 사는 형제와는 거리를 두고 살아갑니다.
형제가 어려움을 당하면
처음에는 안타까운 마음에
적극적으로 도와 주다가도 어려움이 계속되면
'그 집은 도와 줘도 되는 일이 없으니 다 소용 없는 일이야.'
하는 생각이 들게 되고, 점점 발걸음도 줄이게 됩니다.

더구나 가까운 형제는 도와 줘도 남이 아니라는 생각에
받는 상대방도 당연하게 여기고 크게 고마움을 표하지 않고,
또 누가 인정하고 칭찬해 주는 것도 아니니 외면합니다.
그러나 가까운 형제의 어려움에도 마음아파할 줄 모른다면
어떤 경우에도 진정으로 타인의 아픔을 이해할 수도 없고
베풀 수도 없는 것입니다.
이렇듯 형제간에서조차 내 이익을 따지고 베풀지 않으면
결국 내 생활이 각박해지며 매사에 쪼들리게 되지요.

우리가 부모 형제에게 끝까지 베풀기 어려운 까닭은

바로 대가를 바라기 때문입니다.

비록 부모 형제를 끔찍하게 위한다고 해도 자기중심으로 하는 것이라

겉으로는 끊임없이 베풀어도 속마음에는 늘 요구가 크거든요.

자연히 불만이 차게 되어

사소한 일에도 화를 내고 미워하고 다투고 탓하기 쉽습니다.

특히 마음에 걸리는 형제가 있다면 끝까지 돌봐 주도록 하셔야 합니다.

도와 줘도 어차피 안 될 집인데

무엇 때문에 돕느냐는 생각은 일체 하지 마시고

옛날에 내가 그 형제에게

빚진 것이 워낙 많았다고 생각하시면 어떻겠습니까?

평생 도울 수도 있겠지요?

형제끼리 서로 어려움을 외면하고 살면

누구보다 부모님 마음이 괴롭습니다.

부모 가슴 아프게 한 과보는 내 자식에게서 돌아옵니다.

자식들이란 부모가 하는 모습을 보고 자라기 때문에

부모가 자기 이익 때문에 부모 형제 아픈 마음도 모른 체하면

자식들도 자라서 자기 이익만 챙기고 부모 돌볼 생각을 안 합니다.

아무리 공이 없다고 해도 형제간에 돕는 것이

이 다음에 나이 들어 자식들 때문에 힘든 것보다는

훨씬 나을 것입니다.

우리가 수행을 통해 궁극적으로 극복하려는 것은

눈 앞의 작은 어려움이 아닙니다.

올바른 삶으로 나아감에 있어

스스로의 부족함으로 인해

십 년 후에든 이십 년 후에든 나타나게 될

나쁜 인연을 고쳐 나가자는 것입니다.

폭력이 된 사랑

부모는 자식을 위해서 온갖 정성을 쏟고,

또 자식은 부모를 위해서 걱정해 주는데도

자식은 부모 때문에 고통을 겪고

또 부모는 자식 때문에 속상해하고

이것이 어리석은 범부 중생들의 모습입니다.

마치 길을 가는 여자가 너무너무 예뻐서 껴안았더니

그 여자는 성폭행을 당했다고 난리를 피우는 것과 같습니다.

그것이 부모든 자식이든 아내든 남편이든 그 누구든

내가 좋은 마음으로 한다고 해서

다 좋은 효과가 있는 것은 아닙니다.

내 사랑이 상대에게는 큰 폭행이 될 수도 있고, 폭력이 될 수도 있습니다.

서로 좋아하는 사람끼리 만나 결혼해 살면서도 원수가 되고

부모 자식 간에도 이렇게 부모 때문에 눈물을 흘리고

자식 때문에 가슴 아파합니다.

그 부모를 만나 보면 부모도 착한 사람이고

그 자식을 만나 보면 자식도 착한 사람인데

부모는 자식 때문에 괴로워하고

자식은 부모 때문에 괴로워합니다.

이렇게 서로가 서로에게 고통을 주고 억압을 주면서

사는 이유가 무엇일까요?

그것은 어리석음 때문입니다.

사랑이라고 하는 것을

자기 방식대로, 자기 마음대로 하기 때문입니다.

내 방식대로 사랑하는 것이

오히려 상대에게는

억압이 되고 폭력이 될 수 있습니다.

화를 부르는 기도와 방생

우리가 진정 자유롭고 행복해지려면 욕망 자체를 버려야 하는데
모두 어리석어서 욕망 충족을 위해서만 기도를 합니다.
인과법에서 보면 그것은 자신에게 화를 불러오는 것이니
결국 내게 화를 더 많이 달라는 것과 똑같습니다.

어느 신도님이 불전을 넣어 봤자 신통력이 없다고 하면서
만 원 넣어서 백만 원 돌아온다는 것을 누가 확실히 보장만 해준다면
불전을 많이 넣겠다고 하셨습니다.
만 원 넣어서 백만 원 나온다면
어느 투기꾼인들 그렇게 하지 않겠습니까?
결국 불전 넣는 마음이 투기가 됩니다.

모두 노력은 조금만 하고 한꺼번에 많이 얻으려는 욕심으로
명산 대찰을 찾아 다니며 기도하니 그것이 이루어질 까닭이 없습니다.
머리도 나쁘고 공부도 하지 않는 자식

좋은 대학 들어가야 한다고 기도하는 것은 무엇을 말합니까?
공부 잘하는 남의 자식은 떨어지라는 것과 같습니다.

욕망 충족을 위한 기도란 크게 보면 남을 못되게 하는 것입니다.
그렇게 되면 기도를 하러 다니는 게 아니라
업을 지으러 다니는 겁니다.
절마다 다니면서 원망을 하고 업을 지으면 어떤 결과가 오겠습니까?
불행의 과보를 받을 수밖에 없습니다.

연기적 사고로 이 세상을 바라보면
무엇을 잘못하고 있는지 금방 알 수 있습니다.
형제간, 집단간에도 고집과 이기심 때문에 싸움이 일어나곤 합니다.
단 한 번이라도 타인의 입장에 서서 생각해 본다면
이런 문제가 일어나지 않겠지요.

방생에 대해서도 한 번 생각해 봅시다.

만약 내가 목숨이 위태로울 때 누군가가 나를 살려 준다면

그 고마움이 얼마나 크겠습니까.

그 은혜를 꼭 갚겠다고 맹세를 하겠지요.

그러므로 방생의 공덕이 제일 크다고 하는 것입니다.

우리가 육도를 윤회하는 중생이기 때문에

과거 다생을 생각해 본다면

이 세상의 일체 생명가진 것은

과거에 나의 조상일 수도 있고, 이웃일 수도 있습니다.

그러므로 살려 주어야 하는 것입니다.

그런데 요즘 방생은 어떻습니까?

생명을 아껴 물고기를 강물에 풀어 주는 것이 아니라

내 복을 빌기 위하여 물고기를 이용하지 않습니까?

자라 등에 이름을 써서 놓아 주면서

"자라야, 너 살려 줄테니 나에게 복을 가져 오너라."
이런 식이지요.

한 마리 놓아 주면 얼마를 물고 온다더라 하는 그 마음이
놀부가 제비다리 부러뜨려 놓고 치료해 주는 것과 똑같은 것입니다.

궁극적으로 볼 때 이러한 방생이나 기도를 하게 되면
복을 짓기는 커녕 화를 불러 오게 됩니다.
그런데 우리 중생은 어리석어서
이 진실을 못 보기 때문에
자꾸 업을 짓게 됩니다.

본디 내 것이란 없다

손해 보거나 졌다고 생각하는 것은
경제적으로뿐만 아니라 인간 관계에 있어서도
내가 항상 남에게 베풀고 잘해 주고 있다는 마음이 있는 것이에요.
내가 상대에게 이기려고 하거나 이익 보려는 생각이 없다면
졌다거나 손해 봤다는 생각 자체가 안 일어납니다.
결국 기대하는 마음이 원망과 실망을 낳는 것이지요.

현상적으로는 지고 있고 손해 보는 것이
상대방은 영악하고 자신은 좀 어수룩하다고 생각하기 쉽지만
사실은 손해 보고 있는 것이 아니라
손해 봤다는 생각에 사로잡혀 있는 것입니다.
즉 내가 항상 손해 보고 있다고 느끼는 것은
그 마음의 근원에
이기고 싶고, 이익 보고 싶은 생각이 있기 때문입니다.

돈을 빌려 주었다가 받지 못하게 된 경우

손해 본 돈 때문에 몹시 괴로운데 거기에다가

돈을 갚지 않은 사람이 사치스럽게 생활하는 모습을 본다면

마음이 더 괴로워지겠지요.

이 경우에는 인격적으로도 무시당하는 것 같아

자존심이 상하고 더 화가 나게 마련입니다.

형제간에 이런 문제가 발생하면 갈등은 더욱 심해지겠지요.

손해 봤다던가, 자존심이 상했다는 것은

모두 '나'다, '내 것'이다 하는,

집착하는 상에서 출발합니다.

그 상이란 것이 사실 엄격히 보면 허상이거든요.

우리의 괴로움이 그 허상에 매여 있음을 안다면

그 상을 버리고, 집착심을 떠나 기대하는 마음을 버린다면

괴로움에서 벗어날 수 있는 것이지요.

이것은 부당하게 손해 보고 나서

자기 권리를 찾고, 자기 몫을 되찾는 것을

부정하는 의미가 아닙니다.

오히려 집착을 떠나 괴로운 심정이 가라앉으면

자기 몫을 되돌려 받을 수 있는

현실적인 방법이 강구될 수도 있는 것입니다.

성냄과 집착심을 지닌 채로는 문제 해결이 어렵지요.

문제의 원인을 객관적으로 살펴 추적해 나가는 것이야말로

불교 교리의 12연기 체제를 현실에 적용하는 것으로

고통을 근원적으로 해결할 수 있습니다.

사실 '나라는 것이 없다' 는 수준까지는 어렵겠지만

'내 것' 이라는 것에 대한 집착심만이라도 떠날 수 있으면

큰 공부가 됩니다.

이렇게 문제의 근원적 해결을 추구하는 것이

수행입니다.

다 마음이 짓는 것이다

인도나 서울이나 다 그냥 하나의 환경일 뿐입니다.

이것이 좋고 저것은 나쁘고 하는 것이 아닙니다.

내가 이곳을 좋아하면 이곳이 좋은 땅이 되고

내가 저곳을 좋아하면 저곳이 좋은 세상이 되는 것입니다.

내가 도시를 좋아하면 서울이 이상세계가 되는 것이고

도시가 싫어 귀향하는 사람은 시골이 이상향이 되는 것입니다.

그러니 '다 마음이 짓는 바로구나.'

이렇게 확연히 이치를 깨치면 극락과 지옥이 따로 없는 세계로 가게 됩니다.

그것을 어떻게 깨칩니까?

본래 지옥과 극락이 없음을 알면 됩니다.

그러나 이 세상에 극락과 지옥이 있습니까, 없습니까?

있습니다.

'있다' 는 이 말이 바로 '다 마음이 짓는 바' 라는 말입니다.

내가 먼저 변해야 행복하다

인간 관계에서 나타나는 갈등 해소의 길은 한 마디로
자기 중심적인 생각을 버리고 타인 중심적인 생각으로 옮기는 것입니다.
상대편의 입장에 서게 될 때
문제가 훨씬 쉽게 풀리고, 인간 관계가 원만해집니다.
기존의 인간 관계가 아상과 이기심에 바탕을 둔 관계임을 의식하지 못하고
계속 나를 중심에 둔 마음으로 사람을 만난다면
또 의식한다 해도 내 중심적 사고를 떠난 실질적인 행위를 안 한다면
결국 인간 관계에서 생기는 갈등은 사라지지 않고
끊임없는 괴로움을 일으키게 됩니다.

나와 만나는 사람이 유별난 성격의 소유자라서 마찰이 있는 것이 아니라
나 스스로 이기심을 버리지 못함으로써 갈등이 생기는 것이기 때문에
어떤 사람과 만나더라도 똑같은 결과를 만나게 됩니다.

만약 상대가 이기심을 버린 사람이라면
굳이 내 마음을 고치지 않더라도 고통이 일어나지 않겠지요.

그러나 세상 사람들 중 그런 사람은 드물다는 것이 문제이지요.

따라서 갈등을 해소하고자 한다면

반드시 나부터 고치지 않고는 힘들다는 것이 분명합니다.

그렇지 않으면 모든 인간 관계가 더 힘들어지는 거예요.

오늘날 이혼율이 높고 또 점차 증가하고 있어요.

예전에는 가정교육을 통해 이기심을 줄이고

항상 가족 전체를 위해서 살려는 마음자세가 강조되어 온 반면

이기주의가 팽배한 현 사회에서는

가족간에서조차 자기 이익을 따지려 들기 때문이지요.

부부 사이에서도 서로 상대방의 입장에서 생각하려는

자세가 안 되어 있으니까 갈등이 더 심해지고 해결하기도 힘듭니다.

이러한 마음을 잘 파악하고 올바른 방향으로 조절해 나간다면

누구와 함께 살더라도 아무 거리낌 없이

자유롭게 살 수 있어요.

그냥 그런 사람일 뿐이에요

'네가 바뀌어라.'

이 말은 내가 너를 바꾸기 위해서

수단 방법을 가리지 않겠다는 말입니다.

부처님한테 빌든지, 하느님한테 빌든지,

어디 가서 누구의 힘을 빌리든지

시종일관 내가 너를 바꾸고 말겠다는 생각,

이것은 마왕의 아들 딸들이 하는 수행입니다.

부처님의 제자가 아니라 파순의 제자가 하는 일입니다.

이것은 근본적으로 잘못되어 있습니다.

그렇게 살아서는 행복해질 수가 없습니다.

남편을 문제 삼는 것은 내가 내 생각에 집착한 것입니다.

이 사람은 좋은 사람도 아니고, 나쁜 사람도 아니고

그냥 그런 사람일 뿐입니다.

그런데 내 요구대로, 내 생각대로, 내 뜻에 안 맞으니까
나쁜 사람이 되는 것입니다.
그러니 그 사람 문제가 아닌 것입니다.
내가 그를 나쁘게 생각하니까 같이 살기가 싫어지고
내가 괴로워지는 것입니다.

내려 놓아라

살고 안 살고는 중요한 게 아닙니다.
지금 중요한 것은
내 까르마를 녹이는 것입니다.
까르마를 녹여 버리면 혼자 살아도 좋고
이 사람하고 살아도 좋고
아니어도 좋습니다.
이렇듯 구애받지 않는 게 해탈입니다.

'이 사람하고 살까 말까.
이 사람이 이렇게만 바뀌면 살겠는데
바뀌지 않으니 못 살겠다.'

지금 여기에서 맴돌고 있는 것입니다.
이 울타리에서 벗어나야 합니다.
살까 말까 이런 생각을 탁 놓아야 합니다.

그런데 '놓아라, 놓아야지' 하는데 잘 놓이지 않습니다.

그래서 남편한테 엎드려서

참회하고 절을 하라는 것입니다.

참회를 하고 절을 하면

어느 순간에

'아, 정말 내가 내 생각에 사로잡혀 있었구나.'

이것을 스스로 깨치게 됩니다.

그러면 살고 안 살고는 아무 일도 아닙니다.

행복한 삶

나에게 있어 행복이란 과연 무엇인가 생각해 봅시다.

과연 나 혼자만의 행복이란 것이 있을 수 있을까요?

부모님 , 형제, 친구, 직장동료 등 아침 저녁으로 만나는 사람들이

나를 기쁜 마음으로 대한다면 그 삶이 행복한 삶이 아닐까요?

반대로 불행이란 내가 관계 맺고 있는 사람들이

나에 대해 달가워하지 않고

서로 갈등만 쌓여 간다면 불행한 삶이겠지요.

내 뜻대로 해야 한다는 생각이 '아상' 입니다.

아상이 강하면 강할수록

나에게 이익이 되고자 하면 할수록

내 의도대로 하려고 하면 할수록

나에게 돌아오는 결과는 불행의 모습뿐입니다.

그러나 내가 사람과의 만남 속에서
가능하면 이기심을 버리고
내 의도보다는 상대편의 의도대로 한다면 어떻겠습니까?
아상을 버림으로써 상대편에게 이익이 더 많이 돌아가게 되고
상대는 내가 자신의 뜻에 따라 주니까 나를 좋아하게 되겠지요.

이렇게 나를 좋아하는 사람과의 총체적인 만남과 그러한 삶이
곧 나의 행복한 삶이 아니겠습니까?

결국 내가 이롭고자 하는 마음을 버릴 때야말로
나에게 진정한 이로움이 돌아옵니다.
아상을 버리지 못하고 이기심에 매달려 살아갈 때
궁극적으로 자신에게 돌아오는 것은 괴로움과 불행뿐입니다.

자신이 부처라고 생각해 보세요

수행의 주체가 여러분임을 명심하십시오.

여러분은 누구를 위해서 존재하는 사람이 아닙니다.

우리는 종종 인생살이에서 마치 자신이 누구를 위해서 존재하는

하나의 부속물처럼 생각되기도 합니다.

한편으론 남이야 어떻게 되든지 자기 자신만을 생각하기도 합니다.

우리가 타인의 입장을 생각하고 타인과 함께 살아가는 것은

자신을 사랑하고 자신을 소중히 여기기 때문임을 알아야 합니다.

자신을 소중히 할 때 그 무엇도 함부로 할 수 없습니다.

자신이 부처라고 생각해 보세요.

자신이 부처라면 화가 난다고 해서 결코 함부로 성낼 수 없을 것이며

또한 재물이나 명예에 대해 자기 욕심만을 차린다거나

남이야 괴롭든 말든

자기만 생각하고 처신할 수는 더더욱 없을 것입니다.

부처란 본시 당당한 모습이므로

그 어디에도 비굴하게 굽실거릴 필요가 없습니다.

당당한 존재는 언제 어디서고

타인을 위해 봉사하고

아낌없이 헌신할 수 있습니다.

서운함과 고마움

사소하고 가벼운 일에 부딪치고 화를 내며
감정의 앙금을 쌓는 것은
부부간이나 가까운 사이일수록 잦은 편입니다.
이것은 상대에게 기대하는 마음이 80인데
받는 것이 60일 경우 늘 부족한 마음에
서운할 수밖에 없기 때문입니다.

그러나 기대가 40이었는데 60을 받으면
상대가 고맙게 느껴집니다.
이처럼 생각한다면 자신이 몹시 미워하는 상대일지라도
오히려 다른 사람들은 좋아할 수 있다는 것을 알아야 합니다.

똑같은 사람이지만
보통 내 남편 내 아내라고 할 때는
똑같은 행위에 대해서도 더 많은 기대를 갖게 되고
그 기대에 미치지 못할 때는 불만을 갖기 쉽습니다.

결국 자신의 어리석음을 깨달아

진심으로 머리 숙여 참회하는 것이야말로

무명을 깨뜨리는 것입니다.

참회가 거듭되면 점차로 과거에 몰랐던 사실까지 알게 되어

화나는 마음 자체가 스스로 일어나지 않게 됩니다.

이렇게 수행이 되면 어디서라도 다투는 일이 없습니다.

어리석은 종자를 본래부터 갖고 있는 사람은 없으며

무명이란 실체가 따로 있는 것도 아닙니다.

삶을 진솔하게 그대로 보고, 바르게 판단한다면

누구나 밝음의 세계인

지혜를 갖추게 되는 것입니다.

한 발 물러서서 볼 줄 아는 지혜

자기의 생각이 옳다는 데 사로잡히면
남의 얘기가 들리지 않습니다.
또 주위가 보이지 않습니다.

물고기가 낚싯밥을 물 때
쥐가 쥐약을 먹을 때
살려고 먹지만 모르기 때문에
죽게 되는 결과를 낳지요.

이와 비슷한 유명한 이야기가 또 있습니다.
사마귀가 벌레를 잡아먹으려고 겨냥하고 있습니다.
사마귀 뒤에는 새가 겨누고, 새 뒤에는 매, 매 뒤에는 포수,
포수 뒤에는 사자가 겨누고 있습니다.
모두 자기가 잡을 것만 생각하느라
자기가 잡히는 위험은 생각도 못합니다.

장기를 처음 둘 때 어떻습니까?

상대를 공격해 '장군' 부를 것만 생각합니다.

그래서 이리 옮기고 저리 옮기는 것만 신경 쓰느라

자기 장군 죽을 것은 생각하지 못합니다.

그러다 상대가 "장군이요!" 하고 부르는 소리에

돌아보면 이미 갈 데가 없습니다.

그런데 옆에서 훈수하는 사람은

잘 보이는 법입니다.

우리 세상살이가 다 그렇습니다.

자기 이마에 뭐라고 써 붙이고 다니면

남은 다 읽어도 자기만 못 읽는 꼴이지요.

어떤 상에도 집착하지 마라

우리는 무엇을 기준으로 행복하다, 안정되어 있다고 판단합니까?

첫 번째는 경제적인 문제일 것입니다.

사람들은 자신에게 돈이 하나도 없다면

어떻게 살아갈지 걱정일 것입니다.

의지처 중에서 약 50% 정도는 차지하고 있을 이 경제적인 부분은

사실 그 자체가 끊임없이 변하는 것입니다.

그런데도 우리는 그것을 기둥삼아 살아가고 있으니

얼마나 허망한 일입니까?

두 번째는 명예나 권력입니다.

권력이 없는 사람은 그것에 의지하지 않고도 살 수 있는데

권력을 갖고 있는 사람은 권력이 없으면 죽는 줄 압니다.

그러니까 자기 자립도가 훨씬 약한 것입니다.

세 번째는 여자인 경우, 남편일 수 있습니다.

자기의 기둥인 경제력을 지탱해 주는 대상이 남편일 경우

남편이 죽으면 어떻게 살까 하는 걱정입니다.

사랑하는 남편을 보낸 슬픈 마음도 있지만

그보다는 경제적인 불안과 아이들에 대한 걱정이 더 큽니다.

이렇듯 남편을 사랑하는 마음도 있지만

경제적인 기둥으로서 생각하는 경우가 더 많은 비중을 차지합니다.

사람들은 자기 얼굴에도 의지하는 마음을 갖고 있습니다.

특히 여자들은 자기 얼굴이 잘생기고 못생긴 것에 굉장히 얽매입니다.

그런데 살아가며 나이가 들면 어떻습니까?

정말 외모란 것이 믿고 살 만한 의지처가 됩니까?

미인박명이라는 말도 여기서 나온 것입니다.

자기 얼굴생김에 의지처를 삼고 있으니 인생이 불행해지는 것입니다.

처음부터 거기에 의지하지 않은 사람은

변화하는 자기 외모에 갈등을 갖지 않지만

의지한 사람은 의지한 만큼 그 헛됨으로 불행이 커지는 것이지요.

건강도 마찬가지입니다.

아무리 건강에 자신 있다고 자부하던 사람도

순간적으로 감당 못할 큰 병이 들어 쓰러지기도 합니다.

이처럼 건강도 의지처가 될 수 없습니다.

우리가 갖고 있는 의지처란 것들이 대개는

아침이면 무너질 수 있는 것들인데도

우리는 그 의지처가 영원히 무너지지 않을 것처럼 생각합니다.

주변 사람들이 의지처를 안고 있다가

끊임없이 무너지는 모습을 보면서도

'나는 안 그럴 것이다.' 이렇게 생각하거든요.

그러면서도 혹시나 하는 불안과 공포를 항상 갖고 있습니다.

그런데 그 의지처를 놓고 탁 벗어나면

주위의 흔들림에 아무 공포를 느끼지 않게 됩니다.

재물이니 권력이니 하는 것들을 의지처로 삼고 있으니까

전쟁이 일어날까 걱정되고, 사회 변화에 대해 불안해하는 것이에요.

의지처가 될 수 없는 것을 의지처로 삼고 있기 때문에

서로 미워하고 증오하는 문제도 발생하는 것입니다.

사람들은 자기 자신의 문제 때문이 아니고

외부적인 것들과 연관 지어 싸웁니다.

그런 것들은 의지처가 될 수 없고 허망하다는 것을 알 때

우리들이 원수 맺고 미워하는 것도 해소됩니다.

내 문제뿐만 아니라 인간 관계의 문제가 해결되는 것입니다.

우리가 믿고 있는 가치관,

이것은 옳고 저것은 그르다든지 하는 것들에 대한 집착 때문에

남을 비난하기도 하고 스스로도 괴로워하며 살아가고 있습니다.

소위 도덕 같은 것도 허망하다는 것을 알 때

스스로 주인이 될 수 있는 것입니다.

이 말은 윤리나 도덕이 잘못됐다는 뜻이 아닙니다.

다만 우리가 가지고 있는 고정 관념으로

모든 것을 평가하는 것이야말로 정말 어리석은 일이라는 뜻입니다.

우리가 알고 있는 도덕, 고정 관념, 재물 등

물질 위에 놓인 의지처를 넘어서서

거기에 구애되지 않을 때 완전한 자기 의지처를 가질 수 있고

주체적으로 사랑할 수 있게 되는 것입니다.

남편에 대한 의지심을 완전히 극복할 때

남편을 완전히 사랑할 수 있고

갈등과 문제가 일어나지 않습니다.

진정한 참회

지난날을 돌이켜 보고 무엇이 잘못되었나를
반성하고 스스로 뉘우치는 것을 참회라고 합니다.
우리가 참회를 필요로 하는 것은
무슨 특별한 죄를 지은 죄인이기 때문이 아닙니다.

인간은 관계맺음을 통해 규정되는 존재이기 때문에
부모는 부모로서의 역할을 잘하고
자식은 자식으로서의 역할을 다할 때
우리 가정은 행복할 수 있습니다.

이 사실을 분명히 깨닫지 못했던, 고통스러웠던 지난날을 돌이켜 보고
앞으로의 삶을 바로잡을 줄 아는 것이 진정한 참회입니다.

그런 삶의 변화 없이 무릎이 닳도록 절을 하고
방석이 뚫어지도록 앉아 있는 것은 참회가 아닙니다.
잘못 살아왔음을 스스로 마음속 깊이 느끼고

올바른 삶, 다함께 행복한 삶으로

자신을 바꾸어 가는 것이 진정한 참회입니다.

따라서 참회란 깨침과 같습니다.

바른 것을 깨칠 때 비로소 진정한 참회가 이루어집니다.

우리가 부처님을 절대자가 아닌

스승이라고 일컫는 까닭이 여기 있습니다.

만약 부처님의 존재가 절대자라면

그 절대자는 주인이 되고 우리는 종이 될 뿐입니다.

항상 우리가 주인이고, 주체자이기 때문에

부처님은 우리에게 큰 길을 열어 주시는

스승의 모습으로 다가오십니다.

고통, 누가 해결해 주나요?

인간의 모든 노력이란 한 마디로 고통이 많은 중생계에 살면서

그 고통에 빠져 살지 않으려고 공을 들이는 것입니다.

그런데 애써 들이고 있는 공이

대부분 답답하고 괴로운 원인을 없애는 것과는

거리가 멀다는 데 문제가 있습니다.

예를 들어 남편 병의 원인이 부인의 고집 때문이라면

부인이 고집만 버리면 그대로 해결될 일입니다.

그런데 고집스런 그 마음은 그냥 지닌 채

약을 달여 주고 음식을 만들어 주며 애쓴다고 해서

남편의 병은 낫지 않습니다.

병의 원인에 대해 바르게 인식하고 받아들여

한 번 마음을 바꾸면 실제로 큰 변화가 눈 앞에 드러나게 됩니다.

그것이 바로 기도의 가피력입니다.

이런 이치는 버려둔 채 내 마음은 그대로 고집하면서

주변 사람들이 내 편한 대로 바뀌길 바라니
헛되이 애만 쓰게 되는 것입니다.

우리가 가르침을 받아 수행하는 바른 자세는
나의 고통을 누군가 해결해 주기를
기대하고 바라는 것이어서는 안 됩니다.
물론 그렇게 될 수도 없습니다.

진정 내 자신이 이 문제를 풀어 갈 주체임을 자각하고
고통의 근본 원인은 무엇이며
내가 어떻게 해야 이 고통을 해결할 수 있는지를 찾아 행할 때
우리의 삶은 중생계에 살면서도
늘 극락의 기쁨을 누릴 수 있음을 명심해야 하겠습니다.

고통을 행복으로 바꾸는 서원

어머니를 여의고 계모 슬하에서 살던 형제가 있었어요.

계모에게는 두 명의 친자식이 있었고

그 자식들 때문에 재산 욕심을 부리게 된 계모는

늘 형제를 미워했지요.

계모는 남편이 멀리 장사를 떠난 틈을 이용하여

형제를 무인도로 데려가 굶어 죽게 했어요.

그곳에서 형과 동생은 서로 죽어가는 모습을 지켜봅니다.

자신의 죽음이 눈 앞에 다가옴을 느낀 둘째가

어머니 없는 아픔을 뼈저리게 느끼며 이런 발원을 합니다.

'이 세상에 나와 같은 고통으로 아파하는 자가 얼마나 많겠는가.

다시는 이 세상에 나와 같은 아픔을 겪는 자가 있어서는 안 되겠다.'

굶어 죽어가는 고통 속에서

한 아이가 세운 이 서원은

후에 수많은 보살행을 낳는

대자대비 관세음보살의 염원이 되었습니다.

고통은 우리에게 한을 줍니다.

특히 고통이 타의에 의해 생긴 것이라면

원한으로 가슴에 응어리져 남게 됩니다.

고통으로 인해 응어리진 한이

객관적 판단을 흐리게 하는 분노나 복수심으로 작용하기도 하지만

오히려 승화되어서 보살행의 근원이 될 수도 있습니다.

우리 중생에게는 개인적인 복수심으로 작용하지만

보살에게는 모든 아픔을 끝내 소멸하고 말겠다는 서원으로 전환되어

보살행의 원천을 이루게 된다는 것이지요.

똑같은 아픔을 경험한다 해도 자기 혼자만 그 고통에서 벗어나려고

다른 사람에게 또 다른 고통을 전가시키는 것이 중생의 모습이라면

아픔을 해결하려는 강한 의지로써

다시는 그런 아픔이 없는 행복한 사회를 만들고자 마음을 내는 것이

보살의 모습이라 하겠습니다.

존재의 참모습

우리는 관계 맺음으로써 규정되어지는 존재 즉, 연기적 존재입니다.

그러나 일상 속에서는 그런 참모습을 잊고

고립적 존재로서의 자신에게 빠집니다.

아들과 관계없이 나는 아버지이고,

아내와 관계없이 나는 남편이라는 그 생각에만 빠지기 쉽습니다.

인간존재를 관계 속에서 파악하지 않고 고립적으로 파악할 때

이기심이 생기고 또 이기심은 탐욕과 분노를 일으키면서

더욱 더 큰 어리석음을 낳습니다.

사람과 사람 사이에 끊임없이 일어나는

온갖 갈등은 여기에서 생깁니다.

만약 우리가 늘 연기적 존재임을 자각하고 있다면

아내가 있으니까 남편이 되고, 남편이 있으니까 아내가 되고

자식이 있으니까 부모가 되고, 부모가 있으니까 자식이 된다는

인간존재의 상호관계를 알아

관계 맺고 있는 상태를 먼저 생각하는 것이

당연합니다.

본래 이 세상에는 행복도 없고 불행도 없습니다.

타인과의 관계 맺음을 통해 사회적 존재가 되는 우리가

그 관계를 잘못 파악할 때

갈등이 일어나고 불행해집니다.

반면에 존재의 참모습을 올바르게 파악하면

서로가 서로를 위하게 되어 그 관계 속에서

행복이 솟아나게 되는 것입니다.

모든 중생은 한몸이다

열 개의 손가락 중 하나의 손가락만 아파도

내 손가락이 다 아픕니다.

한몸인 것을 모를 때에는

오른손이 생각하기를

왼손이 아플 때 나만 괜찮으면 된다고 하였다면

이제 한몸인 것을 알고 보면

왼손의 아픔이 그대로 오른손의 아픔으로 똑같이 느껴지게 됩니다.

이것이 대비심입니다.

왼손이 아픈 것이 오른손의 아픔으로 전달되어 즉시 왼손을 치료하듯

이웃의 아픔이 그대로 자신의 아픔으로 전해져

곧바로 그 아픔을 치유하는 행위로 나아가게 됩니다.

이것이 바로 부처가 일체 중생을 구원해야 할 이유입니다.

중생이 불쌍해서가 아니라 중생의 몸이 곧 자신의 몸이기에

중생의 아픔이 자신의 아픔이기에

일체 중생을 다 구원하지 않으면 안 되는 것입니다.

유마거사는

"중생이 아프기 때문에 내가 아프고,

중생의 병이 나으면 내 병도 낫는다."고 했습니다.

또 지장보살은

"지옥에서 고통 받는 사람들이 다 성불하기 전에는

나는 결코 성불하지 않겠다."하는 크나큰 발원을 했습니다.

보살의 입장에서는 모든 중생이 자신과 한몸이기 때문에

중생이 지옥의 고통 속에 있으면 그 고통이 그대로

자신이 지옥에서 고통 받는 것과 똑같이 느껴집니다.

그렇기 때문에 곧바로

중생을 구원하고자 하는 서원을 세우게 됩니다.

이것이 보살의 대비심이며 보살행의 원천입니다.

즉문즉설에 대하여

무엇이든 물어라!

　부처님은 깨달음을 얻고 난 후 45년 동안 하루도 쉬지 않고 깨달음의 내용인 법(Dharma)을 전했습니다. 비가 많이 내리는 우기에는 약 3개월 동안 한 곳에 머물러 정진하는 안거(安居)를 했습니다. 그 외의 시간에는 한 곳에 오래 머물지 않고 마을에서 마을로, 도시에서 도시로 이동하면서 사람을 만나고 법을 전했습니다.

　부처님이 제자들과 함께 어느 마을에 도착하면 마을 어귀의 망고나무 숲이나 보리수 아래에서 선정에 듭니다. 부처님이 오셨다는 소문을 듣고 망고나무 숲의 주인은 부처님을 찾아와 꽃으로 공양 올리며 환영과 감사의 인사를 합니다. 그리고 그 주인이 마을사람들을 위해 깨달음의 법문을 요청하면 부처님은 진리의 말씀을 전해 줍니다. 그 법문을 듣고 감동한 사람들 가운데 어떤 이는 부처님과 부처님의 제자들에게 식사를 대접하고자 자기 집으로 초대합니다.

부처님은 침묵으로 승낙하고, 이튿날 아침에 그 집으로 가서 공양을 받습니다. 공양을 마치고 나면 공양을 올린 이는 가족들과 함께 부처님께 질문을 하거나 하소연을 합니다. 또 그 모습을 보거나 내용을 듣고 의문이 있어 질문하는 제자가 있습니다. 이때 부처님께서는 자상하게 답을 해줍니다.

식사 초대가 없는 날은 마을로 들어가 차례대로 일곱 집을 찾아가서 밥을 얻습니다. 일곱 집을 모두 가지 않았는데 음식이 충분히 얻어지면 그냥 돌아옵니다. 일곱 집을 다 갔는데도 음식을 얻지 못하거나 부족해도 그냥 돌아옵니다. 일곱 집 이상은 가지 않았습니다. 그리고 원래 머물던 마을 어귀의 망고나무 숲으로 돌아와 대중들과 둘러앉아 공양을 합니다. 이때 많이 얻어온 사람은 적게 얻어온 사람과 나누어 먹습니다. 또 아파서 얻으러 가지 못한 사람에게도 나누어 줍니다.

공양이 끝나면 둘러앉아서 제자들이 부처님께 질문을 합니다. 수행을 하는 과정에서 생기는 많은 문제들을 부처님께 여쭙게 됩니다. 이러한 제자들의 질문과 부처님의 답변을 모아 놓은 것이 경전입니다. 그렇기 때문에 경전의 내용을 보면 매우 사실적입니다. 그런데 후대로 내려가면서 부처님의 숨결과 대중들의 현실적인 어려움이 배어 있는 이야기들은 점점 없어지고, 학자들이 정리한 사상과 이념만 남아 있거나 복을 구하는 이야기로 바뀌게 됩니다. 그래서 경전을 읽으면 현실감이 없는 공허한 소리로 들리거나, 너무 어려운 소리로 들리는 겁니다. 이렇게 '경전이 너무 어렵다, 복잡하다, 현실감이 없다'는 비판을 받게 되는 이유는 부처님과 대중들의 살아 있는 숨결이 빠졌기 때문입니다.

오늘 우리는 그 부처님의 숨결을 느끼고자 합니다. 우리들도 지금 각자의 사는 이야기를 구체적으로 해야 합니다. 그리고 편안하게 이야기해야 합니다. 부처님은 육신의 기력이 다하여 열반에 드시는 순간까지도 제자들의 의문을 해소해 주려고 이렇게 말씀하셨습니다.

"수행자들이여,

의심이 있거든 마땅히 지금 물어라.

이때를 놓치면 뒷날 후회하게 된다.

내가 살아 있는 동안 그대들을 위해 대답하리라."

육신의 고통으로 힘이 들어도 제자들에게 의혹이 있으면 물으라고 재촉하셨습니다. 그러나 제자들은 부처님이 떠나신다는 큰 슬픔 앞에서 아무도 입을 열지 못했습니다. 그러한 마음을 알고 부처님이 다시 말씀하셨습니다.

"수행자들이여,

그대들이 나를 우러러보기 때문에 묻지 못한다면

그것은 옳지 않다.

마땅히 벗이 벗에게 물어보듯이 어려워하지 말고

편안한 마음으로 물어라.

이때를 놓쳐 후일에 후회하지 않도록 하라."

여러분들도 오늘 이 자리에서 인생의 고뇌가 있고 질문이 있다면, 그냥 친구에게 고민을 털어놓듯이 편안하게 이야기하십시오. 즉문즉설(卽問卽說) 법회란 누군가가 질문을 하면 법사가 그 상황에 맞게 적절한 답을 하는 대기설법(對機說法)의 전통을 따르는 것입니다. 법회에 들어가기 전에 즉문즉설 법회의 전통과 그 내용, 그리고 일반 법회와 다른 점이 무엇인지 개략적인 설명을 한 후 이 법회를 같이 만들어 가려고 합니다.

대기설법의 전통

예를 들어, 서울 가는 길을 물었을 때, 인천 사람이 물으면 '동쪽으로 가라' 하고, 수원 사람에게는 '북쪽으로 가라' 하고, 춘천 사람에게는 '서쪽으로 가라' 합니다. 누가 길을 묻든 서울 가는 길을 일러 줍니다. 그러나 서울 가는 방향은 묻는 사람의 위치에 따라 다릅니다. 이때 '동쪽이다, 서쪽이다, 북쪽이다' 하는 것을 방편이라 하고, 이렇게 말하는 것을 방편설 또는 대기설법이라 합니다. 방편이란 조건이나 상황에 따른 가장 바른 길, 최선의 길이란 뜻입니다. 이처럼 전통적인 부처님의 가르침은 사람들이 물은 것에 대해 말씀하시는 대기설법이었고, 초기 경전인 「아함경」은 그 대기설법의 내용을 기록한 것입니다.

질문의 주제

그러면 대중의 질문은 어떤 내용일까요? 그 주제에는 제한이 없습니다. 사람들의 괴로움은 자기의 조건과 처지에 따라 다 다릅니다. 남이 볼 때는 별 문제 아닌 것이 자신에게는 가장 큰 일이고 큰 문제일 수 있습니다. 언젠가 중·고등학교 선생님들이 모여 청소년 상담소를 열었는데, 학생들이 전화해서 성(性)에 대해 자꾸 물으니까 장난한다고 화를 내며 꾸중을 했다고 합니다. 학생들에게 이 문제는 장난이 아닙니다. 선생님들은 '아이들은 인생에 대해 진지하게 고민하는 것이 바람직하다. 학교교육이 이런 고민을 해결해 주지 못하고 있으니 뭐든지 도움을 줘야겠다.' 이런 생각에, 학생들이 '인생에 대한 진지한 고민'만 할 거라고 생각한 것이지요. 그러나 학생들은 인생에 대한 고민도 물론 하지만, 대부분은 자신의 신체적 변화나 성적 욕망 때문에 당황하고 괴로워합니다. 그것이 학생들에게는 중요한 문제이기 때문에 고심하다가 묻게 되는 겁니다.

인간의 고뇌에는 좋고 나쁜 것이 없습니다. 불교에 대해 알고 싶은 것만 해도, 절하는 방법에 대해 알고 싶은 사람, 탱화에 대해 알고 싶은 사람, 또 교리에 대해 알고 싶은 사람, 불교의 사회적 참여나 환경 실천에 대해 알고 싶은 사람, 양자역학과 불교의 관계나 전통 사상과 불교의 관계에 대해 알고 싶은 사람들이 있습니다. 또 연애하다 실패했거나 세상살이에 짜증나서 사는 게 괴로운 사람, 뭔지는 모르지만 사는 게 슬퍼서 힘들어하는 사람도 있습니다.

사람마다 고뇌가 다를 뿐이지, 고뇌에 좋고 나쁨이나 수준의 높고 낮음이 있는 게 아닙니다. 그렇기 때문에 자신이 처한 환경과 조건 속에서 고뇌하는 것을 내놓고 질문하면 되는 것입니다.

대중이 주인으로 참여하는 장

대기설법은 법사와 질문자가 함께 만들어 가는 법회입니다. 질문 내용에 따라 법회의 주제가 달라집니다. 그래서 대중이 주인으로 참여하는 것입니다. 과학과 관련된 질문이면 과학 교실이 되었다가, 생활에서 괴로운 얘기가 나오면 인생상담 교실이 되기도 하고, 교리와 연관된 질문이면 철학 교실이 되기도 합니다. 또 역사와 관련된 질문이면 역사 교실이 되고, 절의 운영에 대해 묻다 보면 경영 교실이 되기도 합니다. 대중들이 적극적으로 참여할 때 활기찬 법회도 가능합니다.

즉문즉설의 대기설법 법회에서는 법사의 대답이 질문에 따라 다양하게 나올 수 있습니다. 질문자가 장황하고 길게 열심히 질문하였지만 법사가 아무 말 안 할 수도 있고, 그냥 웃을 수도 있습니다. 그래도 그것이 대답이라는 것을 받아들여야 합니다. 대답을 안 하는 것은 질문자가 대답을 듣기보다는 자기 이야기를 하소연하고 싶을 때가 있는데, 그때는 그 사람의 이야기를 들어 주기만 하면 되기 때문입니다. 특별히 대답할 필요가 없는 질문일 때도 있고, 반대로 법사가 공격적으로 되물을 때도 있습니다. 질문자는 법사의 되묻는 질문도 대답의 한 방법으로 받아들여야 합니다. 이처럼 법회에서 대답을 하든지 안 하든지, 대답이 어떤 방식을 취하든지 대중은 '대답의 한 방법'으로 받아들이며 법사를 신뢰하는 마음이 있어야 합니다.

그리고 질문자는 자기가 원하는 대답을 듣겠다는 생각을 버려야 합니다. 자기가 원하는 대답을 듣겠다고 한다면 굳이 질문할 필요가 없기 때문입니다. 몰라서 물었다면 자기가 원하는 대답은 없을 것이라는 것을 알아야 합니다.

질문자와 청취자의 태도

질문자가 잘난 체하려는 경향이 있으면 이 법회는 경직되기 쉽습니다. 그러면 질문이 잘 안 나옵니다. '질문을 잘해야 하는데……', '저런 걸 질문이라고 하나', '질문하려면 적어도 이런 걸 해야지' 하는 생각을 하거나, '이런 질문을 하면 사람들이 날 보고 뭐라고 할까' 하는 생각을 하거나, 칭찬 받으려는 심리가 작용하면 질문이 잘 안 되고, 문답을 하다가 논쟁으로 흐르기 쉽고, 또 질문하고 나서 '사람들 보는 앞에서 창피만 당했다. 괜히 했다' 하고 후회하게 됩니다. 그러니까 그런 생각을 내려놓고 질문해야 합니다.

또 이 법회를 만들어 가면서 주의할 점은 이 자리에서 있었던 얘기는 이 자리에서 끝내야 합니다. 남편 있는 여자가 애인이 생겨 그것 때문에 괴로워서 질문을 했는데, 법회를 끝내고 나가면서 '그 여자, 그럴 줄 몰랐다'는 식으로 비난하거나, 법사가 대답으로 거친 표현을 했을 때 '스님이 어떻게 그런 심한 말을 할 수가 있어!' 하고 마음에 담아 두어서는 안 된다는 것입니다.

질문은 어떤 것이든 자기 고민을 해결하고 행복한 삶을 얻기 위해 하는 것이고, 그런 번뇌는 '옳다 그르다, 정당하다 비난받아야 한다'고 따질 수 없기 때문입니다. 그리고 대답은 법사의 입장에서 가장 효과적인 것을 선택한 것입니다. 예를 들어 큰 소리로 거친 표현을 쓴다면 그것이 그 상황에서 질문자에게 가장 효과적인 방법이라 판단해서 그렇게 하는 것입니다. 그래서 그걸로 끝나야 합니다. 그렇지 않으면 남에게 보이기 위한 질문과 겉만 번드르르한 응답을 하는 분위기로 변해 구체적인 삶의 문제를 단도직입적으로 얘기할 수 없게 됩니다.

이렇게 진행하다 보면 법회가 난장판이 될 수도 있습니다. 괴팍한 사람들이 와서 행패를 부리거나, 시비를 거는 경우 등 여러 형태로 전개될 수 있습니다. 그 가운데 가장 못한 경우가 여러분이 질문을 하지 않는 것인데, 우리는 그런 경우까지도 인정해야 합니다.

살아 있다는 것이 행복입니다

김병조 _ 방송인, 조선대 초빙교수

우리는 흔히 알아들을 수 없는 말을 할 때 선문선답(禪問禪答)하듯 한다고 한다. 이 말은 그만큼 불교가 어렵고 이해하기 어려운 종교라는 뜻의 반증이기도 하다. 사실 많은 사람들이 불교가 너무 어렵고 현학적(衒學的)이고 불교에는 뜬구름 잡는 이야기가 많다고 말한다.

필자도 불자의 한 사람으로 그런 생각이 들 때가 한두 번이 아니었다. 좀 더 쉬울 수는 없을까? 피부에 와 닿듯 느낄 수는 없을까? 산중(山中) 언어가 아닌 시중(市中)의 언어로, 고어체(古語體)가 아닌 일상의 언어로, 남녀노소, 지식의 유무(有無), 지위의 고하(高下)를 막론하고 모든 이들이 이해하기 쉽게 설명하는 길은 없는 것일까?

그러나 이 어찌 반가운 일이 아니랴. 정토회에서 활동하는 딸아이의 소개로 귀한 법륜스님의 법문을 테이프와 법회를 통해 듣고, 특히 즉문즉설(卽問卽說)을 듣고 내 생각이 잘못 되었음을 알게 되었다.

'즉문즉설' 이란 문자 그대로 즉석에서 묻고 즉석에서 답하는 형식이다. 우선 스님께서 법상(法床)에 오르시고 일갈(一喝) 하신다.

"무엇이든 물어라!"

그러면 쪽지를 통해, 육성을 통해 온갖 질문이 쏟아진다. 그런데 막상 질문이라는 것들을 들어 보면, '도가 무엇입니까?' '왜 삽니까?' 라는 본질적인 문제보다는 일상에서 일어나는 작은 것들이다. '남편이 변했습니다.' '직장에서 왕따를 당했습니다.' '아이가 말대꾸를 합니다.' 심지어 이성 문제까지도…….

마치 오랜만에 찾아오신 친정어머니께 딸이 하소연하듯 질문을 던진다. 그러다 보니 어떨 때는 '어쩌면 저런 문제까지도 바쁘신 스님께 물어 보는가?' 라고 말할 정도의 자질구레한 문제까지도 묻는다.

그러나 스님은 그 어떤 질문에도 차등을 두지 않으시고, 즉문즉설 그대로 일순(一瞬)의 막힘도 없이, 마치 그 질문을 기다리고 계셨다는 듯이 시원하고 명쾌한 답을 주신다. 그것도 쉬운 말로, 손에 잡힐 듯이, 눈에 보이듯이 설명해 주시고 깨우쳐 주신다. 때로는 질문자와 함께 마음 아파하시며, 때로는 할머니처럼 보듬어 주시며, 때로는 어린 아이처럼 웃으시며, 부드럽고 자상한 목소리로 자비의 법문을 주신다.

필자의 일천(日淺)한 경험을 통해 느끼는 바이지만, 어렵게 가르치는 게 사실은 쉽다. 쉽게 가르치는 게 사실은 어려운 법이다.

대지약우(大智若愚) 큰 지혜는 일견 어리석어 보이고, 대교약졸(大巧若拙) 큰 재주는 일견 치졸해 보이며, 대변약눌(大辯若訥) 큰 웅변은 일견 어눌해 보인다 하지 않았던가. 나는 이 명언을 스님의 법문을 통해 확인한다.

더욱 즉문즉설이 주는 더 큰 가르침은, 질문하는 그 내용들이 질문자만의 문제가 아니라 내 문제로 와 닿는 데 있다. 질문은 옆 사람이 하는데 마치 내가 하는 느낌이요, 해답을 주시는 스님의 말씀이 내게 주시는 말씀으로 와 꽂힌다는 것이다. "맞아!" "아! 그렇구나." "난 정말 행복한 사람이구나." "그래 살 만한 가치가 있어."

스님은 말씀하신다. "모든 것은 나로부터 온다." "상대를 위해 참회하고 기도하라." "순간순간을 알아차려라."

한 말씀 한 말씀 들을 때마다 자신을 돌아보게 만들고, 살아 있음에 행복을 느끼게 만드는 스님의 법문.

이러한 큰 스승이 우리 곁에 계시니 우리는 진정 복받은 사람들이다.

인생이 즐거움을 깨닫게 되다

백경임 _ 동국대사범교육대학장, 한국불교상담학회장

나는 내 인생에서 불교를 만난 것을 가장 큰 행운으로 생각하고 있다. 어려서부터 불교의 품안에서 자랐으며, 대학 시절부터 불교단체에서 활동해 왔다. 그런 내 인생에서 법륜스님은, 2500여 년 전의 부처님의 가르침이 지금 내 삶에서 빛을 발하도록 해주신다는 점에서, 특별하신 분이다. 부처님이 존경과 신앙의 대상에만 머무르지 않고, 부처님의 가르침이 내가 안고 있는 문제에 적용되어 그 문제가 해결되는 기쁨을 알게 해 주셨다.

스님께서는 즉문즉설에서 우리의 마음을 훤히 비추어 그 얽힌 문제의 고리를 정확히 찾아 주신다. 그래서 나를 괴롭히는 문제가 왜 상대방 때문이 아니고 '내 마음이 문제' 인지를, 또 상대방의 행동에 '내가 왜 괴로운지' 원인을 알아차리게 하신다.

우리는 누구나 자신의 약점에 직면하면 두렵고, 그 상황을 회피하고 싶어한다. 또 문제의 원인이 나에게 있음을 인정하는 것은 억울하게 느낀다. 그러나 스님의 가르침대로 내가 지금 괴로워하고 있는 그 일이 인과법의 결과임을 받아들이게 되면, 갈 길이 멀어도 해결의 희망을 갖게 된다. 그럼 마음이 가벼워진다. 그래서 기꺼이 수행과 정진을 일상에서 받아들여 기도하는 삶을 살게 된다. 업을 거스르는 정진의 시간이 괴롭고 힘들어도 정진 후에 내 마음이 조금은 더 편안해지고 자유로워지는 변화를 실감하게 되면, 공부를 싫어하던 아이가 공부에 재미를 붙이듯이 수행을 즐기게 되고, 삶은 긍정적으로 바뀌게 된다.

인생의 황혼녘에 돌아갈 길이 바빠도 이 법문을 지니고 있다는 것은 얼마나 다행인가!

세세생생 끌고 온 이 업을 바꿀 수 있다면 얼마나 큰 기적인가!

참으로 감사한 일이다.

삶에서 살아나는 부처님의 가르침

김용주 _ 변호사

변호사라는 직업의 특성상 나는 많은 사람들을 만난다.

대부분의 경우, 사람들은 법적인 해결방법을 찾고자 나를 찾아오는데 이야기를 나누다 보면 법적인 해결방법이 최선의 방법이 아니라고 생각되는 경우도 있다. 이러한 때에 나는 좀 다른 조언을 한다.

남편이 바람을 피워 못살겠다면서 이혼소송을 해 달라는 분에게는 법륜스님의 '즉문즉설' 책을 권하기도 하고, 돈을 못 받아 괴로워하면서 돈을 받아 달라고 찾아오시는 분에게는 법륜스님의 법문 테이프를 권하기도 한다.

굳이 소송을 하겠다는 의뢰인들에게 법륜스님의 책과 테이프를 권하는 것은 나 또한 법륜스님의 법문을 통하여 삶 속에서 일어나는 많은 고민들을 해결할 수 있었고, 자유로운 삶, 행복한 삶을 살 수 있는 방법을 깨달았기 때문이다.

대부분의 의뢰인들은 지금 자신이 겪고 있는 문제에 화가 나고 감정이 앞선 가운데 합리적인 해결방법을 찾지 못하게 되는데 법륜스님은 '모든 것은 나로부터 시작된 것'이며 가장 중요한 것은 '내가 지금 행복해지는 것'이라는 가르침을 주신다.

나의 권유를 받아들인 의뢰인들이 한결 편안한 마음으로 자신의 문제를 되돌아보고 스스로 자신의 문제를 해결해 가는 모습을 바라보노라면 올바른 가르침이란 것이 얼마나 중요한지를 절절히 느끼게 된다.

이제 스님께서 하신 즉문즉설 법회의 내용이 책과 CD로 발간된다니 반가운 일이고, 이를 통하여 많은 사람들이 '지금 여기, 있는 그대로' 행복할 수 있는 방법을 알아가기를 간절히 바란다.